ADOLPHE CARCASSONNE

épliques

enfantines

PETITES PIÈCES A RÉCITER

PARIS

PAUL OLLENDORFF, ÉDITEUR

28 bis, RUE DE RICHELIEU, 28 bis

1885

Tous droits réservés

RÉPLIQUES ENFANTINES

ADOLPHE CARCASSONNE

Répliques enfantines

PETITES PIÈCES A RÉCITER

PARIS

PAUL OLLENDORFF, ÉDITEUR

28 bis, RUE DE RICHELIEU, 28 bis

1885

Tous droits réservés

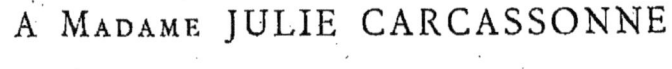

A Madame JULIE CARCASSONNE

PRÉFACE

Les enfants seuls peuvent trouver dans leurs jeunes têtes ces réparties charmantes, ces répliques inattendues qui nous étonnent et nous ravissent. J'ai donc recueilli, avec le plus grand soin, les idées qui font l'objet des RÉPLIQUES ENFANTINES. On le voit, les véritables auteurs de ces petits tableaux sont les bébés; moi, je suis l'encadreur.

I

L'OBSERVATION DE GEORGETTE

La petite Georgette est dans son petit lit ;
Sa mère est là ; déjà la veilleuse pâlit,
Et, malgré des appels pleins de sollicitude,
Le sommeil ne vient pas comme il vient d'habitude.
Geneviève, la bonne, entre au bout d'un moment,
Mais, n'y voyant pas clair, ou dans un mouvement
Trop rapide, elle heurte un meuble qui culbute
    Et fait un grand bruit dans sa chute ;

L'enfant, levant la tête alors sur l'oreiller,

Dit en menaçant de sa main mignonne :

— Tu ne fais pas assez attention, ma bonne,

Et tu ne comprends pas que tu vas m'éveiller. —

II

LA NEIGE

Derrière le carreau vitré qui la protège,
Jeanne, née au pays tiède des orangers,
Pour la première fois, ce matin, voit la neige
    Tomber du ciel à flots légers.
Elle ouvre ses grands yeux bordés de longues franges,
Puis appelant sa mère avec de joyeux cris,
Elle dit : — Viens donc voir, mère, ce sont les anges
    Qui laissent tomber leur poudre de riz. —

III

LES ORANGES

Bon-papa gâte fort la petite Nancy,
  Il en fait son plus cher souci,
Et comme il sait très bien quelle est sa gourmandise,
  Chaque jour il prend en passant
  Pour elle quelque friandise
  Ou quelque fruit appétissant.
L'autre jour, il apporte à sa chère gâtée
Deux oranges venant d'un pays différent,
Mais ayant toutes deux un parfum odorant,
  Une peau par qui la vue est tentée :
   — Tu me diras, chère Nancy,
  Ton goût sur les fruits que voici. —

L'enfant sourit à chaque orange,

Et, sans plus de façon, les mange

L'une après l'autre, à qui mieux mieux :

— Laquelle des deux, dit alors grand-père,

Préfères-tu, Nancy ? — Celle que je préfère ?

Je préfère toutes les deux. —

IV

LE RATELIER

L'oncle Etienne est un vieil amateur de chevaux,
Et comme chaque jour il en voit de nouveaux
Et que, même, il en fait un peu son industrie,
Il est toujours dans l'une ou dans l'autre écurie.
    Un jour, il conduisit Edmond
    Dans une écurie à la mode,
    C'était luxueux et commode,
    Tout brillait du sol au plafond.
Mais voilà que l'enfant voit une caisse pleine
    Dans le fond d'un compartiment :
    — Qu'est donc ça ? dit-il curieusement.

— Ça, c'est un ratelier, lui répond l'oncle Etienne,

C'est là, qu'avec le plus grand soin,

Tous les matins on met du foin. —

L'enfant suit un moment sa pensée hésitante,

Puis il dit d'un air de souci :

— Dans le ratelier de ma tante

Est-ce qu'on met du foin aussi? —

V

LA CRAINTE DE BÉBÉ

A son fils, son cher idéal,
Une mère dit, rêvant les cieux mêmes,
— Embrasse-moi bien fort, aussi fort que tu m'aimes. —
— Oh! non, répond l'enfant, je te ferais trop mal. —

VI

LES DEUX MAINS

Léonie a six ans, elle a l'air gracieux,
    Elle est fraîche comme l'aurore,
    Mais ce qui vaut encore mieux,
Elle ouvre tout son cœur au malheur qui l'implore.
Sa mère, un jour, lui dit le précepte ordonné
Et prescrivant qu'il faut que la main gauche ignore
    Ce que la main droite a donné.
Or, quelques jours après, la petite mignonne
    Marchait à côté de sa bonne,
    Quand elle aperçoit en chemin
Une femme en pleurs qui tendait la main.

L'enfant, sortant alors un mouchoir de sa poche,

    En enveloppe sa main gauche :

— Vous vous couvrez la main ? dit la bonne. — Et tout bas

    L'enfant répond avec son âme :

     — C'est pour qu'elle ne sache pas

Ce que je vais donner à cette pauvre femme. —

VII

LA TARTE

Lucien a fait au lit ce qu'on ne doit pas faire ;
　　Son père vient de le réprimander,
　　　Car il faut toujours demander
　　Le petit besoin qu'on doit satisfaire :
— Pas de tarte aujourd'hui pour le vilain enfant
　　　Qui fait ainsi ce qu'on défend,
Dit le père, et du doigt il lui montre la porte.
Devant l'ordre formel il faut que Lucien sorte,

Mais au bout d'un moment il rentre à petits pas
　　　Avec son cheval sous le bras :
— Encor toi ! dit le père, ah ! c'est trop fort !… qu'on parte !-
Mais avec un charmant sourire, l'enfant dit :
　　　— A mon cheval donne la tarte,
　　　Lui ne fait jamais rien au lit. —

VIII

LÉONCE

A pied, de la campagne on a pris le chemin,
      Et Léonce donne la main
A sa bonne maman qui se fait sa compagne.
      L'enfant dit au bout d'un moment :
      — Dînerons-nous à la campagne ?
— Oui, mon fils, si Dieu veut, répond bonne maman.
      — Eh bien, reprend l'enfant docile,
Si Dieu ne le veut pas, nous dînerons en ville. —

IX

LES PETITS OISEAUX

La petite mère de Charle
Aime beaucoup les malheureux,
Et, depuis bien longtemps, on parle
De tout ce qu'elle fait pour eux.

Le fils a le cœur de la mère ;
Bien qu'il ait à peine six ans
Il ouvre pour chaque misère
Son cœur plein d'instincts bienfaisants.

Tous les matins on lui voit mettre,
Par un froid qui glace les os,
Un peu de pain sur la fenêtre
Pour faire manger les oiseaux.

Ceux-ci viennent en multitude
Manger les miettes qu'on leur sert,
Et, pour prouver leur gratitude,
Ils improvisent un concert.

Un matin, la bonne est allée
Faire une course ; pas moyen
De glaner pour la troupe ailée
Un peu de pâture, rien, rien !

Charle vide tiroirs et poches,
Il furette partout pour voir
Si quelque reste de brioches
Est demeuré dans un coin noir.

Rien! et la troupe ailée appelle,
Et Charle n'y peut plus tenir,
Quand dans son angoisse cruelle
Il est frappé d'un souvenir.

Il sent l'espérance renaître,
Il court dans le salon voisin
Et tout joyeux, sur la fenêtre
Il revient mettre un bon de pain.

X

LE BAL D'ENFANTS

L'Opéra donne encore un bal d'enfants, un bal
Travesti, magnifique, où garçons et fillettes
    Ont d'éblouissantes toilettes,
    C'est le plus beau du carnaval ;
Les groupes radieux passent dans la lumière.
Entre tous se distingue un charmant mousquetaire
A la fringante allure, aux habits éclatants ;
    Bien qu'il n'ait pas encore huit ans.
George, il s'appelle George, a vraiment bonne mine.

Voilà qu'il aperçoit Suzanne, sa cousine,
Il vient près d'elle, il offre, en galant chevalier,
Son bras, et puis tous deux se rendent au foyer
Où la fillette prend place, tandis que George
      Dit sur un ton très cavalier :
      — Garçon, servez deux sucres d'orge. —

XI

LES LAPINS

— Regarde ces lapins, disait tante Julie

A Blanche, leur espèce est vraiment très jolie,

    Comme ils sont gras ! comme ils sont blancs !

Vois le père, la mère, avec leurs trois enfants. —

— Je les vois bien, répond la petite mignonne,

    Mais, ma tante, où donc est la bonne ? —

XII

L'ASTRONOMIE PRATIQUE

Avec son maître ayant place à l'Académie,
       Jean suit son cours d'astronomie,
Tandis qu'un petit frère, aussi dans le salon,
       Très court vêtu, sans pantalon,
       Prend les postures les plus folles
       En faisant maintes cabrioles.
Le maître, ce jour-là, décrit le mouvement
Des astres dans leur course autour du firmament,
Et, dans l'éclat profond de ces routes ouvertes,
Il montre les auteurs des grandes découvertes.

2

Il en est, je crois, à Keppler,
Quand le bébé, sur l'entrefaite
D'une cabriole mal faite,
Reste, la tête en bas, avec le... dos en l'air :
— Tiens, cela comble une lacune,
Dit en riant l'aîné, ces auteurs radieux
Ont découvert les lois des astres dans les cieux,
Et le petit bonhomme a découvert la lune. —

XIII

LE MILIEU DU LIT

On a mis le petit Roger
Au lit qu'avec Pierre il doit partager;
Mais dans le milieu le bambin prend place,
Et le voilà qui se prélasse
Les bras sur la tête jetés :
— Tu n'es pas gêné, dit la mère,
Quelle place aura donc ton frère?
— Je lui laisse les deux côtés. —

XIV

L'AQUARIUM

Dans un aquarium acheté par son père
La petite Lucy regarde les poissons
Monter, descendre, aller, venir, seuls ou par paire,
      Ainsi que de vrais polissons.
Mais comme il fait très chaud, la petite mignonne
      Veut boire et demande à sa bonne
      De lui donner un verre plein
D'eau fraîche. — Y pensez-vous ? répond la brave fille,
J'ai toujours entendu dire dans ma famille
Que l'eau seule fait mal, j'y mettrai donc du vin. —

2.

Et ce fut fait ainsi ; mais, au bout d'un quart d'heure,
La bonne, allant, venant dans toute la demeure,
     Repasse par le même endroit ;
     O surprise étrange ! elle voit
     Sur la haute chaise juchée,
     Et sur l'aquarium penchée,
     Lucy qui, sans trop de façons,
     Va verser du vin aux poissons :
     — Que faites-vous, mademoiselle ?
     C'est insensé ! — Non, répond-elle,
     Ne viens-tu pas de dire ici
     Le mal que l'eau peut faire ? Aussi
Je dois verser du vin aux petits camarades,
S'ils buvaient de l'eau seule, ils deviendraient malades. —

XV

LE DEVIN

— Mère, ton petit doigt devine
Tout ce qu'on fait ? dit Paul de son air résolu.
    — Oui, dit la mère qui s'incline
Sur le petit bambin joufflu.
    — Eh bien ! mère, vois s'il devine
Que je viens de manger deux fours à la cuisine. —

XVI

L'ŒIL

L'on avait puni George et l'on avait bien fait ;

    Le méchant avait, en effet,

Désobéi sans honte à sa petite mère ;

    C'était une bien grosse affaire,

    Et, comme un exemple à donner,

Il avait eu du pain, du pain seul à dîner.

    Le lendemain, notre coupable

    Feuillette un album laissé sur la table ;

C'étaient divers sujets d'étude aux deux crayons

Parmi lesquels il voit un œil plein de rayons :

— Qu'est-ce donc que cet œil si grand qui me regarde ?

On dirait qu'il y voit. — La mère alors : — Prends garde

Cet œil, c'est l'œil de Dieu qui voit à tous moments

    Les enfants qui font fâcher leurs mamans,

    Et qui les punit, n'en aie aucun doute. —

George répond alors : — Petite mère, écoute :

Je serai sage, va, car je n'ai pas dîné ;

Mais il est sûr que Dieu doit être bien gêné

D'avoir un œil en moins ; aussi, tu dois comprendre

    Qu'il est juste de le lui rendre ;

Retourne-le lui donc, petite mère ; ainsi

Il ne pourra plus voir ce que je fais ici. —

XVII

L'ESCALIER

Tante Clémence avec son petit neveu Pierre
Descendent d'un cinquième étage ; l'enfant blond
Trouve bientôt, malgré sa gaîté printanière,
La descente ennuyeuse et l'escalier bien long.

Et chez lui cette idée est si fort persistante
Que, dans la rue enfin arrivé d'aussi haut,
Avec conviction il dit : — Vois-tu, ma tante,
Nous avons dû descendre un étage de trop. —

XVIII

LE GIBUS

George a vu s'aplatir aisément, sans effort,
    Un de ces chapeaux à ressort
    Passés dans la mode nouvelle
    Et dont Gibus fit le modèle.
Cet aplatissement a charmé le bambin,
    Aussi vient-il le lendemain
    Avec le chapeau de son père
    A la main, mais dans quel état !
    Cabossé, foulé, presque plat :
    — Ah ! cet enfant me désespère !

3

En vérité, je n'y tiens plus ;

Mais quelle folie est la vôtre ? —

L'enfant dit : — Je voulais le fermer comme l'autre,

Petit père, et je suis monté trois fois dessus. —

XIX

LE PAIN QUOTIDIEN

Penchant sur son bébé, gracieuse fillette,
    Son beau profil d'ange gardien,
Une mère disait : Joins les mains et répète :
Donnez-nous, ô mon Dieu ! notre pain quotidien.

— Je vais le répéter, bien sûr, petite mère,
    Dit la bambine aux jolis traits ;
En faisant comme ça tous les jours ma prière,
Je suis sûre d'avoir tous les jours du pain frais. —

XX

LA PLUIE

Bonne maman conduit Gustave
Sur les boulevards, mais voilà
Qu'il se met à pleuvoir. Pour un moment on brave
Les flots de cette averse-là.
Mais la pluie augmente et tourne au déluge,
Il faut donc chercher bien vite un refuge
Sous le porche d'une maison ;
Et là, livrant carrière à sa jeune raison :
— Pourquoi donc qu'il pleut ? dit l'enfant. — Grand'mère
Répond : — Cela, mon fils, fait du bien à la terre,
Et fait pousser, dans la nature entière,
Légumes, plantes, blés que chaque année attend,
Et les haricots qui te plaisent tant. —

— Oui, mais voilà ce qui m'ennuie,
Dit Gustave en jetant sa voix fraîche aux échos,
Sur tous les boulevards je vois tomber la pluie,
Grand'mère, sans y voir pousser des haricots. —

XXI

LA VOIX D'AUGUSTE

Auguste est un enfant précoce,
Mais de la musique il n'a pas la bosse ;
Or, je ne sais à quel propos,
Hier, il fredonnait, sans trêve ni repos,
Une ritournelle peu gaie
Dont l'oreille était fatiguée :
Tu chantes faux, lui dit sa mère plusieurs fois.
Voilà que l'accordeur vient comme tous les mois :
— Ah ! dit en le voyant, Auguste,
Mère, pour que je chante juste,
Dis-lui donc d'accorder ma voix. —

XXII

LE BOUT DU NEZ

— Écoute, grande sœur chérie !
Comment fais-tu donc, je t'en prie,
Demande Laure avec des yeux tout étonnés,
Dis ? pour te voir le bout du nez ?
Hier au soir l'oncle Lasouche
Le disait à maman et maman riait bien.
Comment fais-tu, sœur ? moi, je louche
Quand je veux voir le bout du mien. —

XXIII

LE TRAIN

Nous attendons, disait à Charles son grand-père,
Une petite sœur ou bien un petit frère
Qui nous arrivera cette nuit ou demain.
    — Et d'où vient-il ? — De... St-Germain. —
    — Ah ! quel bonheur qu'on nous l'envoie,
    Dit Charles, le front plein de joie,
    Il peut venir quand il voudra ;
    Mais est-ce bien sûr qu'il viendra ? —
— Oui, bien sûr. — Oh ! je vais l'aimer beaucoup, grand'p

Puis, il baisse la tête en joignant les deux mains :
— Que fais-tu là, Charlot ? — Puisqu'ils sont en chemins,
        Au ciel j'adresse une prière
        Pour que Dieu veille sur leurs pas
Et pour que le train ne déraille pas. —

XXIV

LES SEPT ANS DE MARCEL

Marcel a reçu, bien que tout petit,
  Tant d'intelligence en partage,
  Que de lui souvent on a dit :
  Vraiment, les enfants n'ont plus d'âge.
  Un soir surtout, un soir d'été,
  On avait longtemps écouté
  Les mille gracieuses choses
Que l'enfance met sur ses lèvres roses ;
On avait trouvé Marcel si gentil
  Qu'on avait dit : Quel âge a-t-il ?

Heureuse d'un pareil hommage :
— Sept ans, dit la mère, au prochain printemps. —
Mais le bambin : — Pourquoi dis-tu que j'ai sept ans,
Lorsque les enfants n'ont plus d'âge ? —

XXV

UN REGRET

La mère était morte, elle avait trente ans,
Elle était, je crois, marquise ou duchesse,
Pour elle la vie était un printemps
Fait de clarté douce et fait de caresse.

Mais, telle est la loi, tout dans la maison
A bientôt repris sa marche passée,
Et l'ange envolé dans l'autre horizon
Pâlit chaque jour dans chaque pensée.

Seul, Bébé, malgré qu'il n'ait pas cinq ans,
Se souvient encor bien mieux que les autres,
Il a des moments longs et très fréquents
Avec des douleurs pareilles aux nôtres.

Le père, en lissant l'or de ses cheveux,
Lui demande, un jour, ce qui peut lui plaire :
— Dis, mon cher trésor, dis ce que tu veux. —
— Je veux embrasser ma petite mère. —

XXVI

L'AFFICHE

Sur la porte d'un magasin
Où l'on fabriquait la chemise,
Des chiens venaient, chaque matin,
Sans gêne et comme chose admise,
Faire... ce que vous savez bien.
L'affluence était continue,
Et la porte était devenue
Une vespasienne à chien.
On les chassait, peine perdue !
On les voyait le lendemain
Prendre encor le même chemin.

Un matin, observant que papa s'exaspère,
Le bambin George dit : — Écoute, petit père,
    A quoi bon t'impatienter?
    Fais mettre aujourd'hui, sur la porte,
    Une grande affiche qui porte :
    Défense aux chiens de... s'arrêter. —

XXVII

LA CHUTE

En s'amusant à la culbute
Le petit Paul, dans une chute,
A déchiré son pantalon.
Tout penaud, il vient au salon,
Mais voilà que maman se met fort en colère :
— Un pantalon tout neuf ! ainsi le déchirer ! —
— Pardonne-moi, dit Paul, vois-tu, petite mère,
Je n'ai pas, en tombant par terre,
Eu le temps de le retirer. —

XXVIII

CAMILLE

Une jeune poupée ayant pour nom Camille
Disait d'un air déterminé :
— Au dernier bal d'enfants à l'Opéra donné,
On m'a dit que j'étais gentille.
Petite maman, tu me conduiras
Au prochain bal qu'on doit donner le mardi gras ? —
— Oui, répond Judith, la petite mère
De dix ans, lorsqu'aura fini l'année entière.
— Quel costume me mettras-tu ? —
— Mais ton costume de laitière,
Tu sais tout le succès qu'il t'a déjà valu. —

— Je voudrais en avoir un autre ;
Des gens d'un rang comme le nôtre
Peuvent-ils mettre dans un mois
Le même costume deux fois ?
Non, non, je veux être plus belle. —
Et Judith lui répond : — Du tout, mademoiselle,
Vous n'aurez pas, bien sûr, un costume nouveau,
Le vôtre est encore assez beau,
Et je vous trouve trop coquette.
Ne répondez rien et baissez la tête,
Ou je ne vous conduirai pas
Au bal donné le mardi gras.
Camille, comme vous j'ai ma petite mère ;
Quand elle prend sa voix sévère,
Comme moi maintenant, je me tais, et c'est bien. —
La poupée avait tort et ne répondit rien.

XXIX

LE BAS

— Pourquoi mets-tu ton bas à l'envers, c'est folie !
  Tu perds la tête, en vérité. —
— C'est que, dit Léonce à tante Julie,
Mon bas est troué de l'autre côté. —

XXX

VICTOR

Victor vient au théâtre avec sa sœur Sylvie,
Sa grande sœur qui l'aime et lui sert constamment
    Aussi de petite maman.
    On représente une féerie
Faible d'intrigue, mais superbe de décor,
    Avec de beaux palais en or
    Dans un merveilleux paysage.
On a dit à Victor qu'il devait être sage,
Et qu'il ne fallait pas parler, comme cela
Arrivait trop souvent à la maison. Voilà
    Qu'à l'heure la pièce commence ;
    Tout le monde écoute en silence ;

Victor regarde avec ses grands yeux éblouis

Deux chars resplendissant d'opale et de rubis

       Avec de belles demoiselles

       Dans des nuages de dentelles.

Les artistes en bas causent longuement d'elles,

       Mais Victor ne les comprend point,

       Et cela le distrait au point

       Qu'avec son enfantin sans-gêne

Il dit, en désignant les acteurs sur la scène :

— On ne doit pas parler, tu me l'as dit ce soir,

Sœur, dis-leur de se taire, ils m'empêchent de voir. —

XXXI

MAX FOUETTÉ

Monsieur Max vient d'être fouetté,
Et, certes, c'est bien mérité,
Car il s'est offert en pâture
Un demi-pot de confiture ;
Le frère alors : — Vilain, qu'aurais-tu donc pensé
De moi, si j'avais fait une chose pareille ? —
— Je t'aurais dit, répond Max en dressant l'oreille,
Il faut finir le pot puisqu'il est commencé. —

XXXII

L'ARROSOIR

Bon papa crie : Estelle ! Estelle !
Ah ! ça, voyons, où donc est-elle ?
Dit-il, elle n'est pas dans la salle à manger
Où je la voyais voltiger,
Elle n'est pas à la cuisine,
Elle n'est pas chez la voisine,
Où donc est-elle ?—On cherche, on la découvre enfin
Sur le balcon, tenant en main
Un petit arrosoir rempli d'eau qu'elle jette
Sans plus de façon sur la tête
Des gens qui vont sur le trottoir.

— Que fais-tu, dit grand-père, heureux de la revoir,
Pendant qu'il prend les mains d'Estelle et les essuie.

    — Bon papa, je joue à la pluie. —

XXXIII

L'ASSIETTE

Dans un dîner, bien que sans gêne,
On avait cru devoir, un jour, recommander
    A la petite Madeleine
    De ne jamais rien demander.

    Et la gracieuse fillette
Avait dit : Bien, maman, sans peine ; mais voilà
    Qu'on porte un salmis d'alouette,
    L'enfant raffole de cela.

Justement le garçon de table
Sans le vouloir, bien sûr, passe et ne la sert point...
Pourtant, quel parfum délectable !
Comme c'est fait et cuit à point !

Elle en est presque humiliée ;
Et cependant, fidèle à ce qu'elle a promis,
La pauvre petite oubliée
Ne mangera pas de salmis.

Hélas ! nul ne s'en inquiète,
Quand la mère, soudain appelant le garçon,
Lui dit d'apporter une assiette :
Profitant de l'occasion,

L'intelligente Madeleine
Tend son assiette et dit avec une voix d'or :
— Petite mère, prends la mienne,
Tu le peux, elle est propre encor. —

XXXIV

L'AGE D'AMÉLIE

— C'est toi, ma petite Amélie ?
Que te voilà fraîche et jolie !
Quel âge as-tu, sans compliment ?
— Treize ans avec papa, dix ans avec maman. —

XXXV

LE TRAIN INCOMPLET

Le jour de l'an et pour étrenne
Léon reçoit de sa marraine
Un superbe chemin de fer ;
Locomotive, rails, wagon-poste, tender,
Voitures de toutes les classes
Et de tous les nombres de places,
Rien ne manque ; le tout, avec soin ficelé,
Dans un colis est emballé.
Très rapidement la caisse est vidée,
Léon dispose tout dans les plus grands détails,
Il met les wagons sur les rails,

Tout est prêt, mais voilà que soudain une idée
Le frappe, l'inquiète et le met sur les dents :
Il ouvre encor la caisse, il regarde dedans,
Rien ! — Oh ! maman, dit-il avec le front morose,
    Je vois qu'il manque quelque chose. —
      — Quoi donc, mon fils ? — Les accidents. —

XXXVI

LE BRAS

Maman dit à sa sœur Colombe :
— Porte Bébé quelques instants,
Je le porte depuis longtemps,
En vérité, le bras m'en tombe. —
En entendant cela, Bébé
Autour de lui regarde à terre,
Puis il dit : — Non, petite mère,
Ton bras n'est pas encor tombé. —

XXXVII

L'ARBRE MORT

C'était à la Toussaint ; la veille
Blanche et son père sont allés
Porter une fraîche corbeille
Aux morts, sous les marbres scellés.

Le pieux hommage qui tombe
Leur fait un séjour moins hideux,
Car les morts, au fond de leur tombe,
Aiment qu'on se souvienne d'eux.

Quand on pleure ou bien quand on prie,
Ils tressaillent dans leurs linceuls,
Ils entendent la voix chérie,
Ils sont contents, ils sont moins seuls.

Le lendemain, c'était donc fête ;
Le père suivait un chemin
De chênes au superbe faîte,
Et Blanche lui donnait la main.

Soudain, il voit dans l'avenue
Un arbre mort, ouvert, fendu,
La foudre, un jour, était venue
Frapper le pauvre arbre tordu.

La sève s'était desséchée,
Et le père, dans sa douleur,
Se disait, la tête penchée,
Cet arbre est mort comme mon cœur.

Et pendant ce temps la fillette
Qui tenait encore à la main
Un frais bouquet de violette,
Du pauvre arbre prend le chemin.

— Chère Blanche, que vas-tu faire ?
Dit le père avec un effort :
— Je vais, dit-elle, petit père,
Porter ces fleurs à l'arbre mort. —

XXXVIII

LE MAL AUX DENTS

Bébé souffre d'un mal aux dents
Qui, chez le pauvre enfant, fait rage,
On le dorlote, on l'encourage,
On l'entoure de soins constants,
Rien n'y fait. A la fin, la tante
Devant ces pleurs s'impatiente :
— C'est assez de larmes, crois-moi ;
Trop plaindre est bien souvent la plus grande des fautes. —
L'enfant dit : — J'ai moins de force que toi,
Lorsque les dents te font trop souffrir, tu les ôtes. —

XXXIX

LES SOULIERS

Un beau matin du mois dernier
On conduit Félix chez le cordonnier :
Pour fêter son anniversaire
On veut acheter une paire
De beaux souliers, ne laissant rien
A désirer, jolis, coquets, allant fort bien.
Parmi ceux qu'il avait en montre,
Le maître aisément en rencontre

Une paire au cuir souple, au talon élégant ;
Il les essaie et dit : Cela va comme un gant.
— Un gant ! répond Félix en regardant le maître,
Mais alors ce n'est pas au pied qu'il faut le mettre. —

XL

A PROPOS DE LANGUE

Un monsieur, qui parle beaucoup,
Tenait l'autre jour le haut bout
Dans le salon de madame X,
Et dans un langage prolixe,
Bien qu'émaillé parfois d'un mot spirituel,
Il se montrait dur et cruel.
Il n'avait pas encore achevé sa harangue
Que Bébé, quittant ses joujoux,
S'en vient sauter sur ses genoux
Et lui dit : Montre-moi ta langue.

Le loquace parleur demeure un moment coi,

    Puis, il dit à l'enfant : — Pourquoi

Demandes-tu cela, dis, mon petit compère ? —

Et Bébé lui répond : — Monsieur, c'est pour la voir,

    Parce qu'on disait l'autre soir

    Que ta langue, mon grand compère,

    Est une langue de vipère. —

XLI

LE POISSON MORT

Dans le grand bassin qui reflète
Le ciel et son sourire clair,
L'oncle Anatole voit, avec sa nièce Odette,
    Un poisson mort, le ventre en l'air :
— C'est dommage, vraiment, dit l'oncle avec tristesse,
    C'était un poisson de très belle espèce,
        A haut prix je l'avais payé. —
— De quoi donc est-il mort ? toi, tu le sais, sans doute,
Dit la fillette, mais aussitôt elle ajoute :
        Ah ! je comprends, il s'est noyé. —

XLII

L'ABEILLE

Gabriel a mal pris sa leçon de lecture,
Puis, il a barbouillé son cahier d'écriture
    Et cassé sa plume au fin bec,
    Aussi l'a-t-on mis au pain sec :
    — Voilà, Monsieur, ce que l'on gagne,
    Dit la bonne qui l'accompagne,
    A faire à ce point le méchant ! —
    Or, comme on est à la campagne,
    Avec mauvaise humeur l'enfant
    Dépose son pain sur un banc :

— Je ne mangerai pas, dit-il d'un air morose. —

    Voilà que sortant d'une rose

    Et cherchant un autre butin,

Une abeille s'en vient se poser sur le pain.

    La bonne veut chasser l'abeille :

— Garde-toi bien de faire une chose pareille,

    Car peut-être, dit Gabriel,

L'abeille sur mon pain va mettre un peu de miel. —

XLIII

LES CHARBONNIERS

— Frère, les charbonniers, demandait Henriette,
Se lavent-ils ? — Oui, sœur, ils font aussi toilette,
    Ils se lavent matin et soir. —
— Ils se lavent alors avec du savon noir ? —

XLIV

LES PANTOUFLES

Deux vieux soldats des Invalides,
Vieux et de moins en moins solides,
Sont grands-pères de deux enfants
Camarades aussi, comme leurs grands parents.
Or, comme l'hiver vient avec ses rudes souffles,
Les deux chères enfants préparent des pantoufles
 Et travaillent assidûment
 Pour les offrir au bon moment.
Berthe, la plus petite, un jour dit à Marie :

— Bien avant toi j'aurai fini, je le parie. —

— Et l'autre lui répond : — Sans peine je le crois,

    Puisque ton bon papa, chérie,

A, tu le sais très bien, une jambe de bois. —

XLV

LA PETITE PART

En donnant deux gâteaux à Léonce, on lui dit :
— Garde pour toi le gros et donne le petit
A ta sœur. — Or, c'était deux gâteaux à la crême,
    De même forme et de mesure même :
— Donne-moi le petit, dit la sœur sans savoir. —
    Mais le gourmand qui vient de voir
Qu'ils sont égaux tous deux, prend celui qu'on destine
A sa petite sœur, et d'une voix câline
Il dit, en y mordant du plus bel appétit :
    — Je vais le faire plus petit. —

XLVI

LA FÊTE DE BON PAPA

— Cher bon papa, je te souhaite,
Avec tout mon, cœur une bonne fête,
Je fais les meilleurs vœux pour toi,
Je t'aime bien, embrasse-moi ! —
— Oui, mon enfant, dit le grand-père,
Le plus grand bonheur que j'espère
C'est d'être encore un peu près de toi, car je prends
Aujourd'hui quatre-vingt-quatre ans,
Et c'est lourd... mais, voyons, dis-moi, chère bichette,
Ce que tu veux que je t'achète,

Ce sera fait, je t'en réponds. —
Une grande poupée et deux petits poupons,
    Puis, une belle jeune fille
Avec sa gouvernante. — Oui, toute la famille,
Dit le vieillard, et puis ? — Puis, deux lits, deux berceaux.
— Très bien ; après ? — Après, tout un jeu de cerceaux,
Puis tu m'achèteras, là-bas, AUX ENFANTS SAGES,
Ces oiseaux si jolis qui chantent dans leurs cages. —
— Tout cela sera fait avant la fin du jour,
Mais toi, que vas-tu bien me donner en retour ?
    — Moi, répond alors la fillette,
Je viendrai tous les jours te souhaiter ta fête. —

XLVII

UNE COMPARAISON

Paul, qui près de sa mère joue,
Livre au vent ses cheveux aussi blonds qu'un épi,
Et la chaleur donne à sa joue
Un aspect de pomme d'api.
Alors sa sœur, la jeune Claire,
—Bien jeune, elle ne sait compter que jusqu'à neuf.—
Dit : — Regarde, petite mère,
On dirait que Paul est tout neuf. —

XLVIII

L'ENFANT TERRIBLE

Une caisse arrivait de Marseille, apportant

    Des fruits glacés, des mandarines

    Et des oranges purpurines

  Pour le grand bonheur du petit Constant

    Dont on sait la bouche gourmande.

    Aussi, le père recommande

De surveiller de près, avec les plus grands soins,

La caisse ; plusieurs faits constatés sont témoins

Qu'on trouve en déballant bien des choses en moins.

Alors Constant, l'esprit vient souvent avant l'âge,
Dit : — Je vois bien pourquoi, petit père gourmand !
En riant, tu disais l'autre jour à maman
      Qu'elle perdait au déballage. —

XLIX

LOULOU

Un jour, Blanche et Marguerite
Et leur mère, toutes trois,
S'en vont faire une visite
A Saint-Germain-l'Auxerrois.

On parle, on devise, on cause
De tout, ou plutôt de rien,
Comme dans plus d'une chose,
Quand Loulou, le petit chien,

Arrive, et sans qu'il hésite,
Avec des regards câlins,
Il vient près de Marguerite
Et lui lèche les deux mains.

Et cela semble lui plaire :
— Tu me dis, ma grande sœur !
Que je suis souvent colère,
Que je manque de douceur.

Tu te trompes, ma mignonne,
Loulou, devant moi debout,
Te dit qu'il me trouve bonne
Et que je suis de son goût. —

— Erreur ! dit Blanche, erreur pure !
Ça prouve encore une fois
Que tu mets souvent les doigts
Dans les pots de confiture. —

L

LA LUNE

— Dis, maman, la lune est-elle habitée ? —
— Elle doit l'être, dit maman,
Bien que la chose encor ne puisse être attestée. —
— Elle doit l'être, assurément,
Puisque quand il pleut sur la terre,
C'est que... — Veux-tu bien te taire ! —

LI

LES POTEAUX TÉLÉGRAPHIQUES

Qu'est-ce donc que ces bois ? dit le petit Gontrand
  A son père, un jour, en montrant
Les poteaux soutenant les fils télégraphiques :
— On prolonge par eux les lignes électriques,
Dit le père, et l'on porte en Europe et plus loin
  Les nouvelles dont chacun a besoin. —
   — Ah ! c'est donc par là que vont les dépêches ?
   Dit le bambin aux couleurs fraîches,

Mais alors, quand il pleut, comme il pleut maintenant,
    Il est sûr, ajoute l'enfant,
    Que les dépêches envoyées
    Arrivent joliment mouillées. —

LII

LE BENGALI

Marthe et sa mère sont devant un bengali
  Qu'on a rapporté de Delhi,
  Et qui sautille dans sa cage
  Dont on a fait un vrai bocage :
  — Ah ! dit Marthe, qu'il est joli ! —
  — Ajoute combien il est sage,
Dit la mère, bien sûr, jamais on ne l'entend
  Pousser des cris en sanglotant

Comme tu le fais par instant. —
— Oui, répond alors la fillette,
Mais tu ne fais pas sa toilette. —

LIII

DÉFINITION

Paul, à son frère aîné, dit, d'un air gracieux,

— Pourquoi donc sont faire les yeux ? —

— Pour y voir. — Et les mains ? — Les mains pour
[ce qu'on touche. —

— Et la bouche, frère ? — La bouche

C'est pour manger, c'est pour agir. —

— Et le nez ? — Le nez, pour sentir. —

— Non, non, s'empresse alors de dire

7

Paul, avec un charmant sourire
Qui laisse voir toutes ses dents,
C'est pour mettre les doigts dedans. —

LIV

LE GATEAU

Bienveillant, mais ferme de ton,
Le père du petit Gaston
Lui disait : — L'enfant qui demande à table
Fait une chose détestable ;
D'ailleurs, moi-même, avec grands soins,
Je veux veiller sur tes besoins,
Mais de demandes, point. — Le soir, le dîner passe
Et Gaston est resté bien tranquille à sa place ;

Mais voilà qu'au dessert et sur un grand plateau,

    La servante apporte un gâteau

    Juste comme Gaston les aime,

    Avec des dessins à la crême,

    Et laissant s'exhaler de soi

    Un parfum qui dit : Mangez-moi.

Le père sert Gaston, mais le petit bonhomme

    Qui du beau gâteau n'est pas économe,

Voudrait bien de nouveau mordre la croûte d'or,

Or, il n'est pas permis de demander ; que faire ?

Alors il prend un air câlin, puis, il dit : — Père,

    Demande-moi donc si j'en veux encor. —

LV

L'HISTOIRE SAINTE

— Es-tu fort sur l'histoire sainte ? —
— Oui, mon oncle, même très fort ;
Tu peux m'interroger sans crainte,
Je te répondrai sans effort. —
— Parle-moi donc d'Adam et d'Ève,
On peut raisonner sur cela. —
— Non, dit l'enfant d'une voix brève,
Je n'en suis pas encore là. —

LVI

LES DEUX CHOSES

— Écoute, mon enfant, ce que te dit grand-mère,
Tu ne peux repasser ta leçon de grammaire
Et faire des calculs ; c'est dans toutes les lois
De ne faire jamais deux choses à la fois. —
— C'est bien, répond l'enfant. — Le soir, après la soupe
On lui sert un beefteck succulent qu'on découpe
     A petits morceaux, mais voilà
     Que l'enfant se met à manger cela

Rapidement, sans pain : — Gourmand, qu'oses-tu faire ?
Lui dit le père avec le courroux dans la voix. —
— Je mangerai mon pain après, mon petit père,
Puisqu'on ne fait jamais deux choses à la fois. —

LVII

LE MÉDAILLON

Sur un beau médaillon apporté de Carrare
Un remarquable artiste ayant sculpté les traits
D'une femme, avait fait, avec une œuvre rare,
    Le plus ressemblant des portraits.

C'était un des joyaux que l'on garde en famille,
Le profil était vrai, le nez fin, l'œil vivant.
Un jour, dans le salon, une petite fille
    Entra comme elle entrait souvent.

On lui mit sous les yeux le médaillon : Devine,
Lui dit-on, et l'enfant dit, en battant des mains :
C'est ma tante Julie ! et sa joie enfantine
    Avait des sourires divins.

Mais bientôt, d'une idée elle parut frappée,
Son jeune front perdit son innocent orgueil,
Et puis : — Tante, vois-tu, je dois m'être trompée,
    Ce n'est pas toi, tu n'as qu'un œil. —

LVIII

LE PESAGE

En revenant un jour du Bois,

Lucien veut connaître son poids;

Le voilà qui se met à l'aise

Dans le grand fauteuil où l'on pèse,

En tendant au peseur un sou, mais celui-ci :

— C'est deux sous, mon petit ami. —

Tout d'abord l'embarras de Lucien est extrême,

Et puis : Pesez-moi tout de même,

Dit-il de sa plus douce voix,

Vous direz seulement la moitié de mon poids. —

LIX

LE PIANO

Le piano de Mathilde était faux, et malgré
    Qu'on l'eût plusieurs fois réparé,
Il méritait, sur ma parole !
    Le triste nom de casserole.
    Mathilde en souffrait bien souvent
    Au point qu'un jour, la pauvre enfant
    Voulut avoir le ciel pour elle,

Et le soir, quand sa mère, avec un soin fidèle,
Bouclait de ses cheveux chaque soyeux anneau,
    Elle fit ainsi sa prière :
— Accordez, ô mon Dieu ! longue vie à mon père,
Accordez, ô mon Dieu ! longue vie à ma mère,
    Accordez aussi mon piano. —

LX

MIDI

— Jean, dit maman, ne vas trouver ton petit père
Qü'à midi ; dans sa chambre il veut dormir longtemps.
— C'est bien, répond l'enfant ; mais après peu d'instants,
Le temps lui semble long bien plus qu'à l'ordinaire.
Voilà que d'une idée il est frappé soudain,

    Il grimpe devant la pendule,

    Et là, de son doigt enfantin,

    Il avance, puis il recule

Les aiguilles, si bien qu'après plus d'un effort,

    Il fait casser le grand ressort,

Et la pendule sonne, sonne
Comme quelqu'un qui carillonne.
La mère accourt au bruit : — Ah ! méchant étourdi !
Vois donc ce que tu viens de faire. —
— Je voulais voir mon petit père
Et je voulais faire midi. —

LXI

L'APPRÉCIATION DE SUZON

Un petit orgueilleux qui s'appelait Gaston
    Et qui prenait des airs de prince,
Disait à sa cousine arrivant de province :
— Ma chère, nos voisins ne sont pas de bon ton,
Ne les regardez pas, quoi qu'ils aient en partage,
    Ce sont des gens de bas étage. —
— De bas étage ! non, lui répondit Suzon,
Je les vois habiter le haut de la maison. —

LXII

VERSEMENT DE FONDS

— Ta brutalité m'exaspère,
Méchant enfant ! tu viens de maltraiter ton frère,
Tu viens de lui donner des coups,
Après avoir pris tous ses sous. —
— Emile a commencé, petit père, à me battre,
Tu sais qu'il est fort comme quatre,
J'ai dix ans, c'est vrai, mais, vois-tu,
Il me battait, je l'ai battu. —

— Et les sous ? — Oh ! les sous, je les ai dans ma poche.
    — Eh ! quoi ! peux-tu bien sans reproche
    Garder ce qui n'est pas à toi ? —
    — Père, tu vas voir que c'est bien à moi :
Nous jouions au banquier, et pour que rien ne manque,
    Dit-il d'un air intelligent,
Émile était celui qui vient porter l'argent,
    Moi, j'étais la maison de banque. —

LXIII

LE BATON DE VIEILLESSE

— Mère, un bâton de vieillesse
Qu'est-ce que c'est ? dis-le moi ;
Est-ce une chose qu'on laisse
Au coin, quelque part, chez soi ? —

— Non, mon fils, répond la mère,
Ce bâton-là, vois-tu bien,
Est la plus douce chimère
Comme il est le meilleur bien.

Tu ne peux comprendre encore
Le bonheur qu'il peut tenir,
C'est une clarté d'aurore
Qui remplit tout l'avenir.

Et ce bonheur qui caresse,
Je l'ai sans cesse avec moi,
Car mon bâton de vieillesse,
O mon cher trésor ! c'est toi. —

LXIV

LA RÉPONSE DE PAUL

Paul revient de l'école en soufflant dans ses doigts,
    Car on est aux jours les plus froids ;
Or, comme ce jour-là, dans la petite classe,
    Un concours venait d'avoir lieu,
Le père dit : As-tu, Paul, une bonne place ?
— La meilleure, dit Paul, je suis tout près du feu. —

LXV

LA CUILLÈRE

Au parrain de Claire on vient de donner
Un très beau dîner
Où les vins les meilleurs d'Espagne
Coulaient à côté du Champagne.
Puis, on sert le café dans le salon voisin ;
Mais voilà que la tasse apportée à parrain
Est sans cuillère : — Allons, une cuillère, vite !
Dit le père. — J'y vais, lui répond la petite.

8

Et Claire sort rapidement ;
Elle rentre au bout d'un moment
Tenant en main une cuillère :
— Est-elle propre, au moins ? lui demande le père. —
J'ai craché dedans, répond Claire,
Et maintenant, tu peux le voir,
Je l'essuie avec mon mouchoir. —

LXVI

L'ORAGE

C'est le jour de la Fête-Dieu,
Mais le ciel est chargé d'orage,
Le tonnerre gronde avec rage
Et la foudre emplit l'air de ses zig-zags de feu ;
C'est un entassement de tempêtes venues
De tous les points des firmaments,
De formidables bruits éclatent dans les nues
Au milieu des éclairs pleins d'éblouissements.

Le petit René court près de sa tante Alice :

     — Viens donc voir, tante, viens bientôt,
     On fête le bon Dieu, là-haut,
     Et l'on tire un feu d'artifice. —

LXVII

LES CHAMPIGNONS

Jean, qui vient de quitter ses petits compagnons,
Entend dire un beau jour : — Il suffit qu'on renferme
    Avec grand soin les champignons,
    Pour les faire venir à terme. —
    — Tiens ! dit l'enfant, ça me fait voir
Que, pour les cheveux, c'est la même chose,
    Puisque je sais que tante Rose
    Enferme les siens chaque soir
    Avec grand soin dans le tiroir. —

LXVIII

AU CIRQUE

On conduit Emile au cirque d'été,
Le voilà charmé, transporté
De voir des chevaux marcher en cadence
Comme s'ils connaissaient la danse.
Il applaudit les clowns, puis ceux qui font des sauts
Et crèvent, en sautant, le papier des cerceaux ;
C'est magnifique, nul spectacle
A ses yeux ne vaut celui-là,

Il se ressouvient à miracle
Tant l'impression est vive. Voilà
Qu'au bout de la même semaine
Sa petite mère l'emmène
Dans une école de Paris
Où l'on distribuait les prix.
La foule est grande, sur l'estrade
Se groupent les autorités
En habits luisants, en chapeaux montés ;
Ce sont des gens très haut en grade ;
Enfin, après plusieurs discours,
Que personne ne trouve courts,
On donne les prix comme à l'ordinaire,
Mais au milieu des longs bravos
Emile dit : — Petite mère,
Quand fait-on venir les chevaux ? —

LXIX

LA PRÉCAUTION D'EUGÈNE

Oh ! le vilain enfant ! regardez-moi ces mains !
Les petits mendiants qui vont par les chemins
Sont plus propres que toi, dit au petit Eugène
Sa mère ; en vérité, c'est par trop de sans gêne.
Allons, vite de l'eau, petit sale ! et lavons
    Ces doigts noirs à plusieurs savons. —
— Il fait bien froid, il fait bien froid, petite mère,
    Répond l'enfant. — Veux-tu te taire !

Lave-toi vite ou bien, vois-tu,

A coup sûr tu seras, battu. —

Eugène vient auprès de la cuvette pleine,

Pleine d'eau froide jusqu'au bord :

— Eh bien ! dit-il, je vais me laver, mais d'abord

Je vais mettre mes gants de laine. —

LXX

LES ÉTOILES

C'est par un tiède soir de mai
Où l'aile d'un souffle embaumé
Caresse les fleurs irisées ;
Tout le long des Champs-Elysées
Jeanne et son bon papa vont ensemble, causant
De ce que bon papa peut trouver d'amusant.
Soudain, devant l'éclat de ce grand ciel sans voiles,
Jeanne dit : — Bon papa, qu'est-ce que les étoiles ? —

— Ce sont, mon enfant, des mondes que Dieu
A mis de sa main là-haut, au milieu
De l'espace. — Il en est le maître ? —
Oui, car c'est lui qui les fit naître. —
— C'est égal, pour les reconnaître,
Il est sûr que de son bureau
Dieu leur a mis un numéro. —

LXXI

LA FOI DE GILBERTE

— Tu peux croire, ma chère Berthe,

Disait la petite Gilberte

Dans un square, ces derniers jours,

Tu peux croire, vois-tu, tu peux croire toujours

    A ce que te dira mon frère ;

Moi, je n'ose jamais soutenir le contraire

De ce qu'il dit, surtout quand, là main sur le cœur,

    Il a donné sa parole d'honneur. —

Un Monsieur décoré, l'air bon, la mine fière,

    S'approche alors des deux enfants,

Puis, avec un sourire il dit à la première :

    — Quel âge a monsieur votre frère ?

    — Il va bientôt avoir sept ans. —

LXXII

LA CONCLUSION DU PETIT PIERRE

Un jour, on dit au petit Pierre
D'aller chercher, pour son grand-père,
Quatre sous de tabac à priser. A l'instant
Pierre court au bureau vis-à-vis, et mettant
Sur le comptoir l'argent comptant :
— Quatre sous à priser, dit-il. — Mais la marchande :
— Est-ce du tabac fin ou du gros qu'on demande ? —

Pierre ouvre tout d'abord ses grands yeux étonnés,
  Il ne sait trop ce qu'on veut dire :
— Ah ! je comprends, dit-il enfin dans un sourire,
C'est du gros ; bon papa, voyez-vous, a gros nez. —

LXXIII

L'OMNIBUS

A l'omnibus de la Villette,
Comme les autres, aux bureaux,
Pour elle et la petite Odette
Grand-mère prend deux numéros.

La grand-mère dont le front tremble
Et l'enfant aux fraîches couleurs,
Vont au Père–Lachaise ensemble
Porter leur prière et des fleurs.

Mais que de monde, que de monde
De toute sorte et de tous rangs !
Aussi, la jolie enfant blonde
Languit et puis dit : — Je comprends

Qu'on soit ici mal à son aise,
Papa le disait l'autre jour,
Pour aller au Père-Lachaise
Il faut attendre notre tour. —

LXXIV

AUGUSTE

Au salon, le petit Auguste
Heurte un guéridon qui portait un buste,
Patatra ! tout est renversé !
L'enfant tombe avec eux... Il doit être blessé
Car il pleure, en poussant de longs cris de détresse ;
Autour de lui chacun s'empresse ;
On regarde de près, on examine bien,
Il n'a rien, absolument rien.

Un oncle, soldat vieilli sous les armes,
Dit alors, remis d'un moment d'alarmes :
— Pourquoi pleures-tu, petit animal ? —
Et l'enfant lui répond, en essuyant ses larmes :
— J'ai cru que je m'étais fait mal. —

LXXV

ANGÈLE

Angèle a fini sa prière,
Elle va se coucher, mais voilà que sa mère,
Avec surprise, s'aperçoit
Qu'avec un fil, Bébé liait son petit doigt :
— Que fais-tu donc là, ma chérie ? —
— Écoute, mère, je t'en prie :
Tu m'as dit que quand les enfants
Sont entêtés ou sont méchants,
Ils vont, pendant la nuit, de leur petit doigt rose
Écrire là-haut quelque chose
Pour en instruire leurs parents.

Eh bien ! mère, ce soir, j'ai fait fâcher ma bonne,

    Elle a dit qu'elle me pardonne,

Mais j'attache mon doigt et je l'attache bien,

    Pour que cette nuit il n'écrive rien. —

— Sois sans peur, mon trésor, dit la mère à voix haute,

Le doigt n'écrit plus rien quand on a dit la faute. —

LXXVI

LA DISPUTE

Deux cousins de douze ans discutaient au salon
Sur je ne sais quel fait consigné dans l'histoire,
Ils discutaient combat, ils discutaient victoire,
Pendant qu'une fillette apprenait sa leçon.
Mais la discussion s'aigrit et s'envenime,
Chaque petit cousin, de son côté, s'anime,
Et bientôt l'on en vient aux mots injurieux,
Et cela s'accentue au point que l'un des deux

Dit tout haut sur un ton de fort mauvais augure :
— Silence ! ou je te mets mon poing sur la figure. —
   — Non, interrompt l'enfant qui lit,
   On ne met le point que sur l' *i*.

LXXVII

LES BRIOCHES

Vous restez là, planté, les deux mains dans les poches,
Monsieur mon fils aîné, mais vous devez savoir
      Qu'au lieu de faire un bon devoir,
Vous avez entassé brioches sur brioches ;
Aussi je vous punis, monsieur, demain matin
Au lieu de chocolat vous n'aurez que du pain.
C'est dit. — Le lendemain, en effet, sur la table,
On porte un chocolat d'une odeur délectable,
Et des brioches dont le jaune appétissant
      Est vraiment fort réjouissant.

Or, le second bébé, qui savait à merveille

   Ce qui s'était passé la veille,

Bourre de bons gâteaux son chocolat sucré,

Puis, mettant un moment les deux mains dans les poches :

   — Fais toujours beaucoup de brioches,

   Frère, moi, je les mangerai. —

LXXVIII

L'ÂNE

Dans le pré voisin du verger,
Un matin, la petite Jeanne
Regardait un âne manger ;
C'était un joli petit âne.

Il mangeait, mais sans appétit ;
L'herbe ne faisait pas merveille.
Ah ! lorsqu'on est encor petit
Il faut que sur vous quelqu'un veille.

Et l'âne était seul, tristement
Parfois même il tournait la tête ;
Et Jeanne dit à sa maman :
— Que je plains cette pauvre bête !

Les ânes ont aussi besoin
De n'être pas seuls sur la terre,
Et celui-ci regarde au loin
S'il ne voit pas venir sa mère. —

LXXIX

JÉZABEL

Lucien est très fort sur l'histoire ancienne,
Il est vrai qu'il a douze ans révolus,
Mais il fait des mots comme on n'en fait plus,
C'est une manie, à chacun la sienne.
Son maître, érudit d'un talent réel,
Lui jette un beau jour en pleine poitrine :
— Dites-moi la fin que fit Jézabel. —
Et Lucien répond : — UNE FIN CANINE. —

LXXX

LE CADEAU DE NOEL

A Noël, Bébé, dans la cheminée,

    Trouve une boîte de bonbons

    Rouges, verts, bleus, mais tous très bons ;

Sa mine d'abord s'est illuminée :

— Qui me fait ce cadeau ? demande-t-il alors.

— Le bon Dieu, dit la mère, et tu seras, je pense,

Sage pour mériter pareille récompense ;

La sagesse, vois-tu, gagne tous les trésors. —

— Le bon Dieu ! dit encor Bébé, dans la cachette
Il a donc mis la boîte avec le ruban bleu ?
Ah ! si je l'avais su, j'aurais dit au bon Dieu
    De m'envoyer une trompette. —

LXXXI

L'OPINION DE BÉBÉ

Voulez-vous de l'eau ? disait un convive
A l'amphytrion. — Merci, soyez sûr
Qu'un péché pareil jamais ne m'arrive,
Depuis bien longtemps je bois du vin pur. —
— Tu dois te tromper, dit alors au père
Un bébé tout rose, un vrai chérubin,
Tu dois te tromper, car petite mère
A dit que tu mets de l'eau dans ton vin. —

LXXXII

LE BON PAPA

Bon papa doit venir et Maurice s'en flatte,
C'est le meilleur des bons papas,
Il aime fort Maurice et Dieu sait s'il le gâte ;
Mais voilà qu'il n'arrive pas,
Une lettre l'annonce, une affaire pressante
Est compromise, s'il s'absente.
L'enfant prend l'enveloppe et la garde à la main :
— D'où te vient, dit la mère, un air aussi chagrin ?

D'agir selon leur gré les gens ne sont pas maîtres. —

— C'est que quand bon papa, dit l'enfant, vient chez nous,

Il m'apporte toujours quelques jolis joujoux,

    Mais il ne met rien dans ses lettres. —

LXXXIII

LE DIVORCE

— Divorcer, qu'est-ce que cela,
Petite mère, et que t'en semble ?
J'entends bien souvent ce mot-là. —
— Divorcer, mon enfant, c'est n'être plus ensemble,
C'est être séparés et vivre à part chacun,
    Quand les deux ne faisaient rien qu'un.
    Tu comprends, n'est-ce pas, mignonne ? —
— Oui, mais cela se fait aussi sans être deux,
Puisque je vois, le soir, la tête de ma bonne
    Divorcer avec ses cheveux. —

LXXXIV

UNE LECTURE

Le père dit : — Petite Elvire,
Chaque soir tu dis un morceau,
Eh bien ! ce soir tu vas me lire
La fable : LE LOUP ET L'AGNEAU. —

— Je ne connais pas cette fable,
Mais je vais faire de mon mieux,
Dit Elvire d'un air affable,
Je vais la parcourir des yeux. —

En effet, la jeune fillette
Suit fort bien le commencement,
Mais elle devient inquiète
Après quelques vers seulement.

Ensuite, elle semble animée
D'un grand courroux, et la voilà
Déchirant la page imprimée;
Le père alors : Que fais-tu là ? —

— Quelle horreur ! quel affreux courage !
Dit Elvire, ah ! je suis à bout !
Ne pouvant déchirer le loup,
Père, j'ai déchiré la page. —

LXXXV

LE CUIRASSIER

On avait dit chez la marraine
De l'espiègle petite Irène
Que le beau cuirassier Clément
Etait grand comme un monument.
Or, un jour, Clément vient, rayonnant et superbe,
Irène, à son côté, semble une touffe d'herbe,
    Mais bientôt l'enfant, d'un air familier,
        Tourne autour du beau cavalier
        Comme ferait un satellite :
        — Que cherches-tu donc, ma petite ? —
— Ce que je cherche ? mais, je cherche l'escalier. —

LXXXVI

LA SOLUTION DE FIRMIN

Après plusieurs courses pressées,
Maman dit au petit Firmin :
— Je sens mes deux jambes cassées,
Rentrons par le plus court chemin. —

Mais voilà qu'à la devanture
D'un grand magasin d'objets d'art
Où vases, marbres et peinture
Fixent et charment le regard,

Notre gentil bambin peut lire,
En caractères d'or tracés,
Ces mots : Messieurs Favre et Doblire
Réparent les objets cassés.

Alors il s'en va vers la porte,
Et, l'œil plein d'un reflet des cieux,
Il dit : — Petite mère, apporte
Tes deux jambes à ces messieurs. —

LXXXVII

PRINCIPE ÉCONOMIQUE

Bien que ce soit toujours dit avec bonhomie,
Le père de Fernand prêche l'économie,
    Et l'enfant, devant ces avis fréquents,
Est économe aussi, bien qu'il n'ait pas cinq ans.
    Or, un jour, Fernand, en fraîche toilette,
    Sur son pantalon frotte une allumette,
    Mais qui ne prend pas, malgré ses efforts :
    — Que fais-tu, Fernand ? dit le père. Alors,

Relevant sa tête mignonne,
L'enfant répond sur le moment :
— Je vois si l'allumette est bonne,
Je l'aurais portée à maman. —

LXXXVIII

LES CHINOIS

Félix est au salon ; on cause : Après avoir
Parlé beaux-arts, science, invention, machine,
Critiqué, tant soit peu, les agents du pouvoir,
    On vient à parler de la Chine.

Nos soldats se battaient, là-bas, en ce moment,
Et l'on avait reçu les nouvelles dernières,
Les forts avaient croulé sous le bombardement,
    Nous avions pris trois canonnières.

Quelqu'un dit : — Le succès d'avance était certain,
D'avance, nous pouvions prédire la victoire,
Mais nous allons trouver dans ce pays lointain
    Bien plus d'embarras que de gloire.

Que ferons-nous enfin de tous ces jaunes fronts,
De ces Chinois gonflés de haine inassouvie ? —
Félix répond alors : — Ce que nous en ferons ?
    Nous les mettrons à l'eau-de-vie. —

LXXXIX

L'ARBRE DE COUCHE

Un ingénieur parlait, l'autre soir,
    A propos d'un arbre de couche
Dont il démontrait le puissant pouvoir;
Les paroles, à flots, arrivaient sur sa bouche
    Et captivaient les assistants,
Quand Suzanne, l'enfant précoce de huit ans,
Lui dit: —Père, cet arbre, est-ce un arbre où l'on couche?—
Par le rire de tous ces mots sont accueillis,
Et Suzanne, voyant qu'elle a fait fausse route,
    Avec empressement ajoute :
— Ah ! je comprends, le bois sert à faire des lits. —

XC

LES CHEVEUX DE BERTHE

La mère de Berthe a dit à la bonne
De tailler quelque peu les cheveux de l'enfant,
Mais la bonne a dû mal comprendre, assurément,
    Car lorsqu'elle tient la tête mignonne,
    A grands coups, dans les tresses d'or,
    Elle taille, elle taille encor,
    Si bien que la petite Berthe,
    L'œil éveillé, la mine ouverte,
    A tout l'air, de cette façon,
D'être devenue un petit garçon.

La mère enfin revient, on comprend sa colère
    Et son chagrin tout à la fois,
Puis, elle dit avec des larmes dans la voix :
Tes beaux cheveux perdus ! — Mais non, petite mère,
Dit Berthe en l'embrassant, ne te chagrine pas,
Ils ne sont pas perdus et tu les trouveras
    Dans le tiroir du secrétaire. —

XCI

QUESTION EMBARRASSANTE

Un monsieur très bien, avec l'air bonhomme,
Mais très économe, oh ! très économe,
        A pouvoir être inscrit second
        Auprès du classique Harpagon,
S'en vient chez un ami, mais ne trouve personne ;
        Seul, Paul joue auprès de sa bonne.
L'enfant le reconnaît : — C'est toi, monsieur ? Bonjour.
— Bonjour, mon petit Paul, répond l'autre à son tour.

L'enfant suspend alors son joyeux exercice,
Et dit au visiteur, ses grands yeux dans les siens :
— Avec quoi donc, monsieur, attaches-tu tes chiens,
Qu'on dit que ce n'est pas avec de la saucisse ? —

XCII

L'OMBRELLE

Eugénie a reçu de son oncle une ombrelle
    Peut-être un peu grande pour elle,
    Mais qui lui plaît infiniment.
    Elle se confond en remerciement :
— Oh ! je la garderai jusqu'à mon mariage. —
— Ah ! dit son oncle, et puis lorsque viendra ce temps,
Qu'en feras-tu ? — Le jour des noces, je m'engage
    A la donner à mes enfants. —

XCIII

LES SARRAZINS

Fabien n'a pas douze ans, mais le petit bonhomme
 Promet de faire un agronome,
 Et, bien qu'il ait des airs tranchants,
 Il connaît les travaux des champs
 Au point de s'en faire une gloire ;
Mais c'est tout ; il ne sait rien autre, peu d'histoire,
Peu de géographie et pas un seul succès
 Dans les exercices français,
Tout son esprit s'attache aux produits de la terre.

Or, dans sa chambre, un jour, le père
Lisait à haute voix cette page si fière
   Où Charles-Martel, quatre jours entiers,
Battit les Sarrazins entre Tours et Poitiers,
En mars... — Comment, en mars ? dit, du bout de la
                                        [chambre,
   Le petit bonhomme Fabien,
   Mais, voyons, chacun sait très bien
Qu'on bat les sarrasins en octobre ou novembre. —

XCIV

LE CHEVAL DE BOIS

— Je suis depuis longtemps bien sage, tu le vois,
    Je mérite un cheval de bois ;
    Tu vas l'acheter, je l'espère ;
    Sois gentil pour moi, petit père ;
    Je travaillerai mieux et plus
    Lorsque j'aurai monté dessus. —
    Le père dit, un peu morose :
— Je ne puis acheter, mon enfant, chaque chose
    Qui te passe ainsi par l'esprit. —

— Va, je te gâterai, dit Bébé qui sourit,

Et je t'achèterai ce qui pourra te plaire,

    Lorsque je serai grand, cher père,

    Et que, toi, tu seras petit. —

XCV

LA RECHERCHE DE JUSTIN

— Frère, dit le petit Justin
Dans un abandon plein de charmes,
Tu disais ici, ce matin,
Que bien souvent tu ris aux larmes ;
Alors, quand tu pleures, tu ris,
Je cherche depuis plus d'une heure
Comment tu fais, grand frère, dis ?
Je voudrais rire quand je pleure. —

XCVI

LES PLACES D'ADOLPHE

— Combien êtes-vous dans ta classe ? —
— Trente-deux. — Et quelle est ta place ? —
— La trente-deuxième. — On ne pourrait pas
Mériter, dit le père, un numéro plus bas. —
    Huit jours après, c'est autre chose ;
    La même question se pose :
    — J'ai le trente-cinquième rang,
    Répond Adolphe en soupirant. —

— Mais vous êtes en tout trente-deux, dit le père,
Et ce nombre déjà m'a dit ce que tu vaux. —
— Nous étions trente-deux la semaine dernière,
Mais depuis, il en est arrivé trois nouveaux. —

XCVII

LE VŒU DE MAX

— Est-ce que tu te remaries,
Mère? dit Max. — Oui, mais pour toi
J'aurai les mêmes gâteries,
Je serai la même, crois-moi.

Je ferai de toi ma chimère,
Mon espoir, mon trésor chéri. —
— Alors, pourquoi, petite mère,
Veux-tu prendre un autre mari? —

Et de son humide paupière
Un flot de larmes s'échappa ;
Puis, il dit comme une prière :
— Garde encor le nom de papa. —

XCVIII

LA REMARQUE D'ANGÉLIQUE

Un monsieur a des dents énormes,
Égales, mais larges de formes,
Au point qu'auprès de lui l'on a, bon gré, mal gré,
Un peu peur d'être dévoré.
Un soir, au salon, on parlait musique.
Voilà que tout à coup la petite Angélique,
Cet âge est sans pitié, vraiment !
Vient devant le monsieur et lui dit simplement :

— Ne prends pas l'air sainte n'y touche ;
Tu pourrais faire avec ta bouche
De la musique. — Moi ? le fait serait nouveau,
Répond le monsieur aux dents indiscrètes. —
—Bien sûr, reprend l'enfant, puisque tes dents sont faites
Comme des touches de piano. —

XCIX

LES CLAQUES

Dans le cabinet de son père
Marcel, étourdiment, renverse un guéridon ;
    Papa se met fort en colère :
— Un guéridon en laque ! Ah ! fieffé polisson !
Je t'ai redit vingt fois de faire attention,
    Mais de mes avis tu te joues,
Tiens ! — Et Marcel reçoit deux claques sur les joues.
Et l'enfant dit alors : — C'est injuste, vois-tu,

Pourquoi m'avoir autant battu ?
Je n'ai pas renversé deux guéridons en laques,
J'ai fait une sottise et je reçois deux claques. —

C

LA MÉTAIRIE

Berthe reçoit en récompense
Une métairie au complet,
Elle est heureuse, comme on pense,
Jugez donc si cela lui plaît !

De grands arbres, aux vertes branches,
Des vaches, des moutons, un chien,
Et des chèvres noires et blanches ;
C'est charmant, il n'y manque rien.

Mais une petite voisine
Est malade depuis longtemps,
Elle souffre de la poitrine
Bien qu'elle ait à peine huit ans.

On prescrit les bons vins d'Espagne,
Tout ce qui peut réconforter,
On prescrit surtout la campagne
Qu'il faudrait pouvoir habiter.

Mais la petite malheureuse
Ne peut recevoir un tel soin,
Car sa famille, très nombreuse,
Vit dans la gêne et le besoin.

La bonne et gracieuse Berthe
Depuis bien longtemps sait cela,
Et sa jeune âme s'est ouverte
Souvent à ces misères-là.

Tout à coup une idée éclaire
Comme un rayon son front charmant,
Elle court auprès de sa mère
Et lui dit : — Petite maman,

Puisqu'on voudrait une campagne
Et qu'on n'a pas l'argent qu'il faut,
Que mon grand frère m'accompagne
Près de la malade, là-haut.

Je vais porter ma métairie,
Petite mère, et, crois-le bien,
La malade y sera si bien
Qu'elle sera bientôt guérie. —

12

TABLE

TABLE 209

TABLE   211

DOLE. — TYPOGRAPHIE CH. BLIND.